어르신을 위한
동화 세상

어르신을 위한
동화 세상 하

원종성 · 오형숙 공저

어르신을 위한

좋은땅

♥ 출간 인사 ♥

어릴 적 시골집에서 외할머니가 들려주시던 옛날이야기~

이불 속에서 듣던 할머니의 옛날이야기는

나에게 꿈과 희망을 심어 주었고,

나는 주인공의 흉내를 내어 보기도 하고

나도 어른이 되면 주인공처럼

훌륭한 사람이 되겠다고 다짐도 해 보았다.

동화(童話)는

어린이를 위하여 동심(童心)을 바탕으로 지은 이야기로서,

재미를 추구하기도 하고, 아이들에게 교훈을 주는 이야기이지만,

성숙한 어른에게도 훌륭한 역할을 하고 있다.

짧은 시간 내에 쉽게 읽을 수도 있기 때문에,

어린이 동화는 나이 많은 노인에게도

인지능력 향상, 치매 예방 도구로 활용되고 있다.

그러나, 안타까운 점이 있다.

어린이 동화(童話)는

미래의 꿈과 희망을 심어 주는 방향으로 설정되어 있어,

나이 많은 노인에게는 이해하기 어렵거나

황당한 부분이 적지 않다.

어르신에게 들려주는 이야기는

어린이 동화처럼 꿈과 희망을 심어 주기보다는

어르신들이 지나온 과거를 회상하고

아름다운 추억을 떠올리게 하는 것이 바람직할 것이다.

지금의 편리하고 풍요로운 시대가 있기까지는

위 세대의 많은 피와 땀이 있었음을 부인할 수 없을 것이다.

다음 세대에 바통을 넘겨주는 과정 속에서

젊은 세대는 어르신들이 편안하게 지낼 수 있도록 보답해야 할 것이다.

어르신들에게 남겨진 시간 동안

아름다웠던 추억을 되새기게 해 드리고,

그들의 눈높이에 맞춰 공감 어린 소통을 해야 한다.

따라시, 저자는 이 책을 시작으로 '어르신 동화'라는 길을

개척해 보고자 한다.

어린이 동화(童話)가 꿈과 희망과 상상력을 심어 준다면

어르신 동화(憧話)는 지난날의 추억을 회상하게 하고

남은 여생을 아름답게 마감할 수 있는 여건을 조성해야 한다.

그리하여,

저자는 어린이 이야기를

어린이(童/동)의 동화(童話)라고 부르고 있다면,

어르신 이야기에 대해서는

그리울(憧/동)을 넣어 동화(憧話)라 칭하고자 한다.

어르신에게 필요한 어르신 동화(憧話)를

어린이 동화(童話)로만 대체하려 한다면

지금까지 우리를 보살펴 주신 세대에 대한 예우가 아닐 것이다.

저자는

어르신과 관련된 연구 개발과 사업을 약 25년간 운영하면서

새로운 문학 장르 '어르신 동화(憧話)'를 일구어 보고자 한다.

본서에서 저자가 드리는 어르신 동화(憧話)로 하여금

어르신들의 남은 삶이 아름답게 꾸며지는 데

조금이나마 도움이 되길 바란다.

2024년 이른 봄

목차

고개고개 세상

원두막

아랫마을에 사는 '만수'는

염소를 키우는 목동입니다.

이제 열 살밖에 안 된 어린 소년이지만

키우는 염소가 지금은 열 마리 정도입니다.

자기를 키워 준 홀어머니가 몸이 아파서

집안일을 도맡아 해야만 했습니다.

낮에는 염소를 몰고 풀밭을 찾아다니고

저녁이면 어머니께 밥을 차려 드렸습니다.

하지만, 만수는 항상 밝게 웃고

자기 스스로 행복하다고 생각했습니다.

만수는 염소젖을 짜서 팔기도 하지만,

가끔은 다 큰 염소도 팔아야 했습니다.

홀어머니가 아파서

병원비를 마련해야 했기 때문입니다.

그래서인지 염소의 마리 수가

일 년에 다섯 마리밖에 늘어나지 않았습니다.

"음~ 내년에는 열다섯 마리가 될 거야."

"그리고, 십 년 후에는 염소가 육십 마리가 되고

그땐 나도 장가를 갈 수 있을 거야."

만수는 생각만 해도 즐거웠습니다.

만수는 염소가 풀을 뜯고 있을 때는
가끔 풀밭에 누워서 하늘을 봅니다.
십 년 후에 염소가 육십 마리 된다는 것이
흐뭇하고 신이 납니다.

그때, 멀리 산마루 아래에서
뛰어 노는 같은 또래 아이들이 보였습니다.
만수는 부럽기도 하고,
자기만 홀로 있다는 것이 서글펐습니다
하지만, 십 년 후의 자기 모습을 생각하다가
만수는 참나무 아래서 깜박 잠이 들었습니다.

만수는 깊은 꿈속을 헤매고 있습니다.

산중턱 안개가 갑자기 내려오더니

한 치 앞도 잘 보이질 않았습니다.

참나무에서 한 톨의 도토리가

만수의 머리에 떨어지더니 데굴데굴 굴러갔습니다.

도토리가 만수에게 무어라 말을 건넵니다.

"주인님, 지금 원하는 게 있나요?

어떤 사람이 되고 싶으세요?"

만수는 다른 생각도 하지 않고 대답하였습니다.

"나야, 우리 엄마 아픈 병을 고치려면

돈이 많으면 좋지."

만수는 도토리를 따라서 무심코 걸었습니다.

첫 번째 언덕을 넘어가자,

주인 없는 황금덩어리 수십 개가

발밑에 흩어져 있었습니다.

"아니, 이게 뭐지?

하늘에서 내게 내려 준 선물인가?

하느님이 나의 소원을 들어주셨나 보다."

만수는 하느님께 감사드리고

황금으로 어머니의 병도 고치고,

새로 기와집도 지었습니다.

한없이 착하던 만수는

구차했던 염소들도 모두 팔아 버리고,

하얀 말을 한 필 사서 뽐내고 다녔습니다.

동네 사람들은

"갑자기 부자가 되더니

예의도 없고 건방져졌어."

라며 만수를 보고 손가락질을 했습니다.

마을 사또는 건방져진 만수의 행동이

마음에 들지 않았습니다.

화가 난 사또는 큰 소리로 명령했습니다.

"우리 마을길이 좁으니

관직이 없는 사람은

말을 타지 못하도록 하여라."

만수는 결국 말을 끌고 다녀야만 했고

사또에게 불평불만을 늘어놓았습니다.

마을 사또가 만수를 불러 명령했습니다.

"일반 백성은 집을 지을 때도

스무 평 이상은 허락하지 않는다."

만수는 화가 났지만 사또의 명령이라서 어쩔 수 없었습니다.

하는 수 없이 만수는 도토리를 따라서

두 번째 고개를 넘었습니다.

"돈 많은 것보다 권세가 높아야 돼."

만수가 중얼거렸습니다.

두 번째 언덕을 넘어가자마자

만수는 깜짝 놀랐습니다.

"우리 마을에 관찰사님이 순찰 오셨다!"

마을 사람들이 만수를 보면서

대대적인 환호를 해 주는 것이었습니다.

"내가 관찰사라구? 내 소원이 이루어진 것인가?"

관찰사는 오늘날 도지사와 같은

종2품의 높은 벼슬이었습니다.

마을 사또가 총총걸음으로 나와서

만수에게 절을 하였습니다.

예전에 만수를 괴롭혔던 마을 사또는

손이 발이 되도록 빌었습니다.

관찰사가 된 만수는 콧대가 높아졌고,

옛날 푸대접 설움에 사또를 혼내 주었습니다.

"역시 사람은 권세가 높아야 돼."

만수는 미소를 지으며 중얼거렸습니다.

만수는 높은 관직에 있는 만큼

업무가 많아서 잠을 잘 시간도 없었고,

주민들이 서로 싸울 때면

누가 옳고 그른지 판단하는 데 고민이 많아졌습니다.

그런데, 마을에 불이 나고 물난리가 나면

그것도 모두 관찰사 탓이라고

백성들은 만수를 원망하였습니다.

나라 임금님은 매달 업무를 보고하라 하고,

암행어사도 자주 나와서 쉴 틈이 없었습니다.

만수는 고민고민하더니

머리털이 빠지기 시작했습니다.

"높은 사람이라고 좋은 것만은 아니야.

그냥 맘껏 놀기만 했으면 좋겠다."

만수는 도토리에게 푸념을 하였습니다.

도토리는 만수의 손을 잡고 언덕을 넘었습니다.

세 번째 언덕을 넘자

만수는 앞에 펼쳐진 광경에 흐뭇해하였습니다.

술을 마시며 친구들과 껄껄대는 모습도 보이고,

노랫가락에 맞추어

춤을 추는 여자도 보였습니다.

땀 흘려 일하는 사람도 없고

권세가 높다고 으스대는 사람도 없었습니다.

윷놀이 하는 사람들, 화투놀이 하는 사람들

모두가 환하게 웃고 있습니다.

"그래. 여기가 내 세상이야. 천국 같구나."

만수는 좋아서 펄쩍펄쩍 뛰었습니다.

노래하고 춤추는 천국 같은 세상이

해가 지고 밤이 되었습니다.

그런데, 생각지도 못했던 상황이 벌어졌습니다.

여기저기 술 먹고 토한 사람이 널브러져 있고

도박판에서 돈 잃고 울부짖는 사람도 있습니다.

누구 한 사람 돌보는 사람 없고,

온 세상이 쓰레기로 난장판이 되었습니다.

모두가 평등하다고

더럽고 구차한 일을

하려는 사람이 없기 때문입니다.

만수는 세상 꼴 보기 싫다고 눈을 감았고,

역겹고 썩은 냄새에 코를 막고는

달리고 달려서 다음 언덕을 넘어갔습니다.

언덕 꼭대기를 넘는 순간,

뿌연 안개가 걷히고

밝은 햇살이 눈부시게 내리쬐었습니다.

멀리 참나무 아래에서 졸고 있는 만수가 보였습니다.

"어, 내가 또 있네."

그때 위에서 떨어진 도토리가

만수 머리를 때려 만수는 눈을 떴습니다.

언덕 너머에서 살아왔던 삶이

모두 꿈이었던 것이었습니다.

만수는 자기가 원했던 인생을

다 살아 보았습니다.

돈 많은 만석꾼,

권세 높은 관찰사,

매일 놀고먹을 수 있는 세상.

그러나, 만수가 그렇게 꿈꿔 왔던 세상이

지금보다도 행복하지 않다는 걸 느꼈습니다.

풀 뜯고 있던 염소가 만수의 바지 자락을 물고

집으로 가자고 합니다.

"그래, 어서 가서,

어머니 저녁밥이나 따뜻하게 지어 드리자."

만수는 자기의 헛된 꿈을 반성하며

땅에 떨어진 참나무 잎사귀를

신발 안에 깔고 일어섰습니다.

"그래, 지금의 내가 제일 행복해.

염소 육십 마리가 되면

나도 예쁜 색시를 만날 수 있을 거야."

"세 번의 인생 경험을 반성하면서,

매일 신나게 살아가야지."

만수는 참나무 잎사귀를 신발 속에 더 얹어서

풀밭을 걸어 내려갔습니다.

우리는 새로운 다짐을 할 때는

참나무 잎사귀를 신발 밑에 깔고 다닌다고 하여

참나무를 '신갈나무'라고도 부르고 있답니다.

부엌살이 오남매

오두막

옛날, 어느 마을에 영숙이란 처자가 살고 있었습니다.

영숙이네는 할아버지, 할머니와 아빠, 엄마, 그리고

자녀가 넷이나 되는 아주 평범한 농사꾼 집안입니다.

영숙이네는 논도 스무 마지기가 있고

집 앞에는 오십 평 정도의 밭이 있어

그럭저럭 살아가는 데 어려움이 없었습니다.

영숙이네 집에는

안방과 연결되어 있는 부엌이 한 칸 있는데

이 부엌에는 매일 수다쟁이들이 모여 시끌벅적합니다.

시시때때 싸우기도 하고,

화해하기도 하면서 깔깔대고 웃기도 합니다.

여기 모인 수다쟁이는 다름 아닌

주걱, 솥단지, 밥상, 수저가락, 부지깽이 다섯입니다.

다섯 수다쟁이의 이야기를 들어 보겠습니다.

그중에서 숫자가 가장 많은 수젓가락이

먼저 이야기를 했습니다.

"내가 없으면, 이 집 사람들은 밥을 먹지 못할 거야."

"숟가락으론 밥을 떠먹고,

젓가락으론 김치와 깍두기를 집어야 하는데

내가 없다면 맨손으로 먹어야 하니,

아마 이 부엌에선 내가 가장 소중할 거야."

하며 어깨를 으쓱대며 거들먹거렸습니다.

그때, 주걱이 나서서 대꾸했습니다.

"허허, 나보다 키도 작으면서 형님 노릇을 하다니.

그리고, 내가 밥솥에서 밥을 퍼 주어야 네가 필요한 거지.

내가 없다면 너희들 수저가락도 아무 쓸모가 없을 걸?"

"주걱아, 너는 며느리가 밥을 푸지만

나는 다르단다.

이 집 최고 어르신인 할아버지가 숟가락을 들어야

나머지 식구들도 따라서 들 수 있지.

나는 그만큼 위엄도 있고 대접을 받고 있단다."

수저가락이 으시대며 말했습니다.

주걱은 가소롭다는 듯이 더욱 큰 소리로 이야기를 했습니다.

"난, 솥에서 밥을 풀 때, 누구를 많이 줄지,

적게 줄지 내 맘대로 할 수 있단다."

"진밥은 할머니에게 주고,

꼬들밥은 막내 손주에게 주고,

이 집 주인아저씨께는 꾹꾹 눌러서

고봉으로 밥을 드리지.

그러니, 내가 이 부엌에서 제일 중요할 걸?"

이번엔 솥단지가 나서서 거들먹거렸습니다.

"야, 주걱아 너는 나한테 그런 말을 할 자격이 없지.

내가 밥을 해야만 네가 주걱질을 하지.

감히 내 앞에서 으시대지 마라."

"나는 한 번에 이 집 식구 전체 8명의 밥도 짓고,

국도 끓이고 맛있는 누룽지도 줄 수 있으니

내가 이 집안에서 최고로 중요한 물건이다."

"그리고 몸무게를 봐라.

나보다 더 튼튼한 놈 있으면 나와 보거라."

그러자 옆에 있던 불 지피는 부지깽이가 나섰습니다.

"솥단지, 네가 최고라면 나는 너보다 더 형님이다.

내가 불을 지펴야

네가 밥도 하고, 국도 끓이는 게다.

내가 없으면 넌 할 수 있는 게 아무것도 없단다."

이번엔 솥단지가 한 술 더 떠서 으시대었다.

"부지깽이야 네가 불을 붙여서

내가 밥을 하는걸 알겠다.

그래, 고맙게 생각한다."

"그러나, 넌 한두 번 불 속을 왔다~ 갔다~ 하면

네 몸도 불에 타서 하루 이틀밖에는 못 살어.

난, 무쇠 덩어리라서 십 년이고 백 년이고

아무 탈 없이 살 수 있단다."

그동안 아무 말 없이 바라만 보던

밥상이 앞으로 나오면서 말했습니다.

"너희들 모두 고생들 많구나.

너희들이 열심히 일해서 만들어 놓으면 뭐 하니?

결국 내가 밥상을 차려야

주인 식구들이 맛있게 먹을 수 있지.

누가 뭐래도 주인 식구들은

내가 나타나야 좋아한단다.

그러니 내가 최고란다."

옆에서 듣고 있던 나머지 물건들이 비아냥거렸다.

"우리들이 열심히 땀을 흘려 밥을 만들어 놓으면

네 놈이 주인 식구에게 갖다 드리지.

그리곤, 칭찬은 네 놈 혼자 다 차지하는구나."

부럽기도 하지만, 그런 밥상이 얄미웠습니다.

그때, 수젓가락이 흥분하면서 말했습니다.

"내가 본 걸 한번 말해 볼까?

엊그제 우리 주인아저씨가 술 한잔하고 들어와서

기분이 나쁘니까 밥상을 엎어 버리는 걸 나는 보았지.

네 놈의 꼴이 볼만하더구나."

밥상은 창피한 듯 얼굴이 붉어졌고,

나머지 물건들은

고소하다고 박수를 쳤습니다.

며칠이 지나고, 주인 할아버지의 환갑잔치가 벌어졌습니다.

동네 사람들이 할아버지를 축하해 주려고 온다고 했습니다.

주인집 큰딸 영숙이는 잔치 준비에 정신이 없었습니다.

돼지 한 마리도 잡고, 나물도 캐고, 장작도 들여왔습니다.

그런데 큰일이 났습니다.

영숙이가 예상했던 것보다

엄청 많은 손님이 온다는 것입니다.

수저가락, 주걱, 밥상 등은 옆집에서 빌려 왔건만,

무거운 밥솥은 빌려 올 수가 없는 것입니다.

한꺼번에 밥도 많이 하고 국도 끓여야 하는데

솥이 하나밖에 없었습니다.

하는 수 없이 여러 번 나누어 밥을 해야만 했습니다.

결국 무리했는지

솥단지 뚜껑에 금이 가게 되었습니다.

다른 수젓가락, 주걱, 부지깽이, 밥상들이 안타까워했습니다.

솥단지가 말했습니다.

"미안하다.

나 하나 때문에 너희들 모두 고생하는구나."

46

"아니야. 네 잘못이 아니지.

우리들 중에 누구 하나라도 없으면

주인 식구들도 굶어야 하고, 잔치도 할 수 없을 거야."

수저가락, 주걱, 부지깽이, 밥상이 위로해 주었습니다.

"그래, 우리가 매일 만나서 싸우기도 했지만

서로서로가 꼭 필요한 물건이지.

앞으로는 우리 모두 사이좋게 지내자."

영숙이는 부엌이 조용해지고

분위기도 화기애애해진 것이 다행이라 생각했습니다.

영숙이는 아침 새벽에 우물가에서 찬물을 떠다가

부뚜막에 올려놓고 기도를 하였습니다.

"부엌에서는 나쁜 말을 삼가며,

먹을거리가 떨어지지 않도록 해 주세요."

그 후로는 영숙이네 집안이 더욱 화목하고 부유해졌습니다.

우리 조상은

부엌을 신성하게 여겼고 새벽마다 기도를 올렸습니다.

이는 '조왕신' 혹은 '부뚜막신'이라 전해 내려오고 있습니다.

이 세상에서 쓸모없는 사람은 없습니다.

누가 잘나고 못난 사람도 없습니다.

세월이 흘러 지난 세월 생각해 보니,

보잘것없는 것으로 다투기도 하고 욕하기도 했습니다.

이제는 우리 가족 그리고 이웃 사람들과

평소에도 화목하게 웃고 지내는 습관이 중요합니다.

49

박달나무와 삽살개

원두막

강화도에 사는 복순이네에는

삽살개 한 마리가 살고 있었습니다.

복순이는 삽살개 털이 하얀색이라서

'백구'라고 불렀습니다.

백구는 영리하지만 질투심이 강하여

잠시라도 복순이 곁을 떠나지 않았습니다.

복순이는 문간 옆에 있는 박달나무 아래에

예쁜 개집을 지어 주었습니다.

복순이는 아침, 점심, 저녁으로 백구에게 밥을 주었고,

밥을 줄 때마다 박달나무에게도 잘 자라라고

물을 주곤 하였습니다.

백구는 주인 복순이가 자기 말고도 박달나무에게 물을 주는 게

질투가 났습니다.

백구는 박달나무에게 말했습니다.

"박달나무야,

너는 나무라서 움직이지도 못하는데

주인이 너를 귀여워하나 보다."

그럴 때마다 박달나무는 말했습니다.

"백구야, 주인이 너도 매일 밥을 주잖아.

그리고, 여름에 비가 오면 내가 너를 위해 비를 막아 주고

겨울에는 네가 추울까 봐 눈도 막아 주잖아.

우리 사이좋게 지내자꾸나."

박달나무가 백구에게 상냥하게 이야기했습니다.

복순이는 봄이 오면

박달나무에 매어 논 그네를 타고 노래도 불렀고,

한여름에는 시원한 그늘을 만들어 주는

박달나무가 고마웠습니다.

그럴 때마다 백구는 박달나무가 더욱 얄미워졌습니다.

"박달나무야,

너는 말도 못 하고 뛰지도 못하고

나보다 잘하는 게 없어."

백구는 박달나무를 얕잡아 보며 거들먹거렸습니다.

하루는 복순이 아버지가 리어카에 배추를 싣고

힘들게 언덕을 올라오고 있었습니다.

백구는 재빨리 목에 밧줄을 걸고

리어카를 같이 끌어 올렸습니다.

아버지는

"우리 백구가 기특하고 고맙구나."

하며 쓰다듬어 주었습니다.

백구는 그날 저녁 박달나무에게 자랑을 했습니다.

"야, 박달나무, 너도 보았지?

넌 그런 거 못 할 거야."

백구가 비아냥거렸습니다.

다음 날, 복순이 아버지는

"짐을 싣고 언덕 올라갈 때는 너무 힘들어.

지게나 하나 만들어야겠다."

하시고 박달나무의 오른쪽 든든한 가지 하나를 잘라서

지게를 만들었습니다.

"와, 지게로 짐을 나르니 이렇게 편할 수 없구나.

박달나무야, 네가 큰일을 했구나.

언제나 너에게 도움을 받는구나."

이 말을 들은 백구는 입을 씰룩거리면서

먼 산만 쳐다보았습니다.

며칠이 지나고,

복순이네 쌀 창고에 도둑이 들었습니다.

살금살금 문을 열다가 백구한테 들켰습니다.

백구는 "왕~! 왕~!" 짖으며 주인을 불렀고,

도둑을 물려고 대들었습니다.

백구는 도둑의 몽둥이에 상처를 입었지만,

끝까지 싸워서 결국

도둑을 쫓아냈습니다.

복순이 아버지는 백구의 상처를 치료해 주며

"백구가 큰일을 해냈구나.

하마터면 우리 가족 모두 굶어 죽을 뻔했구나."

라고 말했습니다.

백구는 박달나무를 보고 으시댔습니다.

"보았냐? 박달나무야,

넌 다시 태어나도 이런 일을 못 할 거야."

다음 날, 복순이 아버지는

"요즘, 도둑이 많아졌구나.

도둑을 물리칠 도구가 필요하구나."

하시며 박달나무 왼쪽 가지를 잘라서

활과 새총을 만들었습니다.

"음, 이제 든든하구나.

이 활만 있으면 도둑이 훔칠 엄두도 못 낼 거야."

아버지는 활과 새총을

대청마루 기둥 한가운데 걸어 놓았습니다.

백구는 질투가 나서 아예 눈을 감아 버렸습니다.

가을철이 되자,

추수도 끝나고 바쁜 일들이 마무리되어 갔습니다.

복순이는 심심해서 백구를 불렀습니다.

주먹공을 던지면 백구가 물어오고,

노래를 부르면 백구는 춤을 추며 재롱을 떨었습니다.

복순이는 이런 백구가 사랑스러웠습니다.

머리를 쓰다듬어 주고 맛있는 과자도 던져 주었습니다.

백구는 과자를 먹으며,

박달나무를 가소롭다는 눈으로 쳐다보았습니다.

다음 날, 복순이 아버지는

"이번 겨울에는 추워서 방 안에만 있을 텐데.

우리 복순이가 심심해하겠구나."

라고 말씀하시면서 박달나무 가운데 가지를 잘랐습니다.

하나는 목각 인형을 만들었고,

또 하나는 '박'이라는 타악기를 만들어

복순이에게 생일 선물로 주었습니다.

'박'을 치는 복순이를 보며,

아버지와 어머니는 흥이 나서 춤을 추었습니다.

복순이는

'박'과 목각 인형을 자기 방 책상에 올려놓고

매일 쳐다보았습니다.

백구는 씩씩거리며 울분을 참지 못해

마루 밑으로 들어가 버렸습니다.

세월이 흘러서

복순이가 시집갈 나이가 되었습니다.

백구는 자기를 매일 돌봐 준 복순이가

떠난다는 게 너무 슬펐습니다.

백구는 주인 복순이를 위하여 해 줄 수 있는 게

아무것도 없었습니다.

복순이 아버지는

"우리 딸이 시집을 가는데 무엇을 선물할꼬?"

백구는 할 수 있는 게 없어, 슬그머니 박달나무 뒤로 숨었습니다.

아버지는 박달나무를 보더니

"그래, 역시 박달나무가 최고지."

하시면서, 박달나무 제일 든든한 가지를 모아서

예쁜 장롱을 만들었습니다.

그리곤, 곁가지를 다듬어서

앙증맞은 머리빗까지 만들어 주었습니다.

삼십 년이란 세월이 흐르자

복순이 아버지도 농사일이 힘들어지고

복순이와 사위가 힘든 일을 도맡아 하였습니다.

복순이 아버지는 박달나무 아래에서 백구와

집을 지키는 게 전부였습니다.

복순이 아버지는

점점 기운이 쇠약해지더니

이제는 서 있기조차 힘들어하였습니다.

복순이는 박달나무 아래 가지를 꺾어서

쉼터 나무 의자를 만들었고,

잔가지로는 지팡이를 만들어 드렸습니다.

찬바람이 불고 집 안에서 기침 소리가 잦아지더니

복순이 아버지가 간밤에 세상을 떠나셨습니다.

박달나무는 온몸을 바쳐야겠다고 생각했습니다.

복순이는 박달나무의 기둥을 톱으로 베어

아버지의 관을 만들어 드렸습니다.

백구는 존경하는 마음으로 박달나무를 보았고,

이내 말없이 고개 숙였습니다.

"박달나무보다 내가 잘난 게 없구나."

"말을 못 한다고 박달나무를 무시했고,

질투도 많이 했었지."

"그런데, 자기 온몸을 바쳐서

주인의 은혜를 보답하는

박달나무가 나보다 열 배 백 배 훌륭하구나."

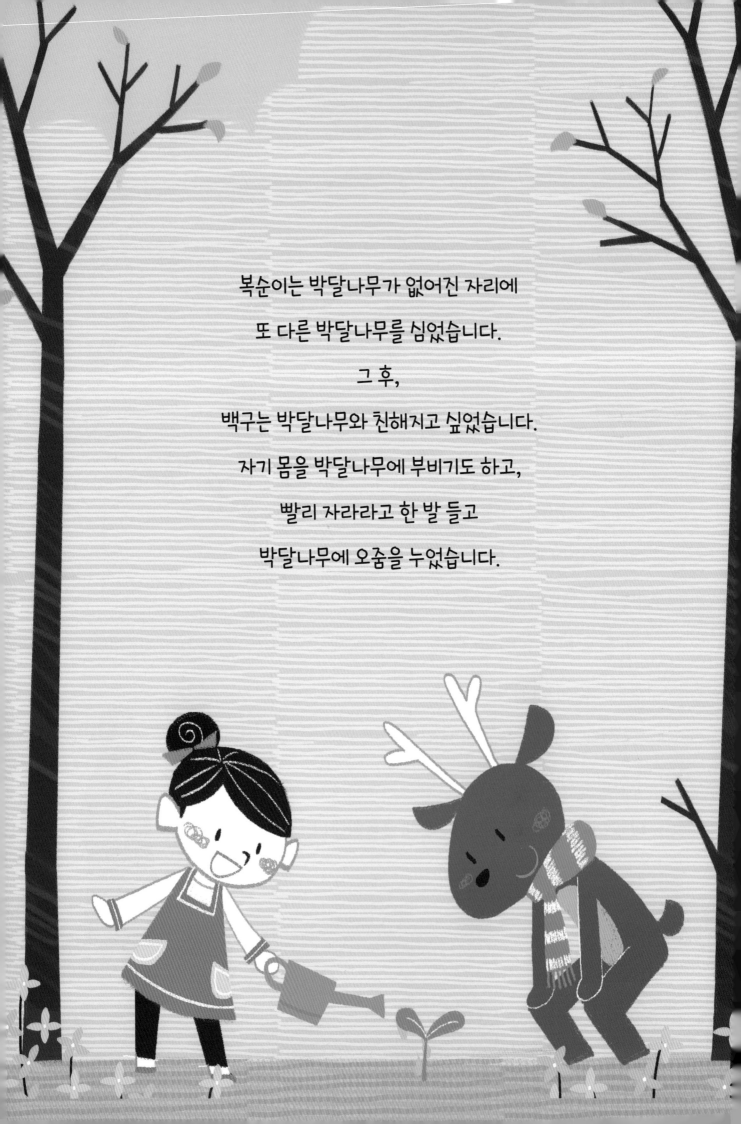

복순이는 박달나무가 없어진 자리에
또 다른 박달나무를 심었습니다.
그 후,
백구는 박달나무와 친해지고 싶었습니다.
자기 몸을 박달나무에 부비기도 하고,
빨리 자라라고 한 발 들고
박달나무에 오줌을 누었습니다.

이 세상에 말을 못 한다고 쓸모없는 게 아닙니다.

보잘것없이 보여도 무시해서는 안 됩니다.

예로부터 박달나무는 단단하고 잘 썩지 않아서

여러 가지로 유용하게 사용하였습니다.

우리나라를 세우신 단군(檀君) 할아버지의 단(檀)이

바로 박달나무(檀)입니다.

'하늘과 땅의 광명'이란 뜻을 가진

박달나무(자작나무)가 세상을 밝게 만들어 준 것입니다.

다시 만날 천국

오두막

하늘나라 옥황상제는

천국과 지옥을 다스리는 주인입니다.

사람이 죽으면

옥황상제는 살아 있을 때의 잘잘못을 판단하여

착하고 부지런한 사람은

천국으로 보내서 편히 쉬게 하고,

남을 괴롭히거나 재물을 빼앗은 사람은

지옥에서 벌을 받게 합니다.

옥황상제는 한 사람, 한 사람 이야기를 듣고

신중하게 심판을 내려야 합니다.

먼 옛날 일이었습니다.

사람들이 사는 세상에 화산이 폭발하더니

갑자기 너무 많은 사람들이 한꺼번에 죽었습니다.

하루에 수십만 명이 넘게

하늘나라로 올라왔습니다.

"이를 어찌하면 좋을까?"

"내가 잘못 심판하여 억울하게 지옥으로

가게 되면 그 사람은 나를 얼마나 원망할꼬."

옥황상제는 깊은 고민에 빠졌습니다.

옥황상제는 주변에 있는 천사들을 모아

회의를 하였습니다.

어떤 천사가 좋은 생각이 있다고 말했습니다.

"예전에 사람들이 밥을 할 때,

돌이 많아서 조리라는 것을 사용했습니다."

"쌀과 돌이 섞여 있는 데 조리질을 하면

돌은 무거워서 가라앉습니다."

"나쁜 짓을 하면

마음이 무거워서 돌처럼 가라앉으니,

옥황상제님도 조리질을 하여

나쁜 사람을 골라내시면 좋겠습니다."

옆에 있던 천사가

또 다른 생각을 이야기를 했습니다.

"옥황상제님을 만나 보자마자

웃으면서 아첨하는 사람은 지옥으로 보내시고

옥황상제님이 부채질을 하여

멀리 날라 가는 사람은 마음이 비어 있는 것이니

그 또한 지옥으로 보내시면 좋겠습니다."

두 천사의 이야기를 들은 옥황상제는

"모두 좋은 생각이 아니다. 더욱 신중해라."

라고 말했습니다.

옥황상제는 며칠 동안 방 안에서 고민을 하였고

좋은 생각이 떠올랐습니다.

그리고,

천사들을 다시 불러 모아 좋은 방안을 발표하였습니다.

"천국과 지옥으로 나누는 일은

매우 중요한 일이니까

한 번 더 기회를 주는 게 좋을 것이다."

"사람들이 죽으면

죽은 몸에서 혼이 빠져 나올 것이다.

몸과 마음을 깨끗이 씻기고,

한 번 더 세상에 다시 태어나게 하거라."

"그 후에는 엄마 배 속에서

열 달을 머물게 하면서

엄마의 정을 심어 주도록 하여라."

"그리하면 그 사람이 다시 태어나고

그들은 살아가면서 온갖 역경을 겪을 것이고,

그들이 스스로 자기 채점표를 만들어

내게 다시 올 것이다."

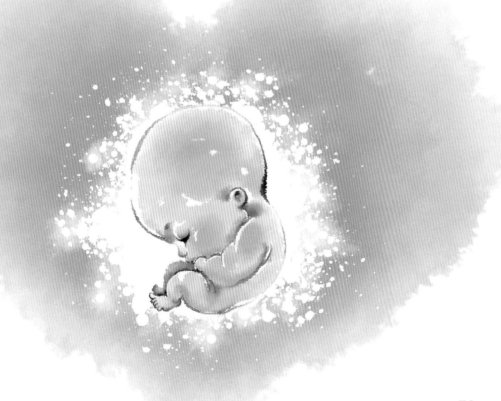

모여 있던 천사들은 어리둥절하였습니다.

'과연 모든 엄마가 태어난 자기 자식들을

옥황상제 생각처럼 지극정성으로 키울 것인가?'

'그리고, 모든 사람이 태어난 뒤에

엄마를 하늘나라 옥황상제처럼 떠받을 것인가?'

하늘나라 천사들은 고개를 갸우뚱했습니다.

엄마라는 사람이 얼마나 위대한 존재인지 알고 싶어졌습니다.

하늘나라 천사 회의가 끝날 무렵,

막내 천사가 옥황상제님에게 여쭈어보았습니다.

"다시 태어난 사람이 살아가는 동안

자연스럽게 심판 결과가 나오는지 궁금합니다."

옥황상제는 미소를 지으며

자그맣게 이야기를 하였습니다.

"사람들은 태어나자마자

각기 다른 운명을 가지고 살아간단다."

"그 사람들이 다시 죽어서 하늘나라에 올 때는

천국인지 지옥인지 스스로 결정하고 올 것이다."

엄마 배 속으로 들어가서 다시 태어난 사람들이

세상을 살아갔습니다.

몇 년이 흐르더니 벌써 하나둘

하늘나라로 돌아오기 시작하였습니다.

첫 번째로 올라온 이는 엄마, 아빠가 가정 불화로 싸우던 중

홧김에 불을 질러서 죽은 어린아이였습니다.

옥황상제는 말했습니다.

"저 아이는 지옥으로 보낸다."

"엄마의 애정을 받지도 못했고

틀림없이 전생에

악한 일만 했을 것이다."

며칠 후,

다른 아이가 하늘나라로 올라왔습니다.

학교에서 친구들과 패싸움을 하다가

칼에 찔려 죽게 된 아이였습니다.

옥황상제는 말했습니다.

"저 아이 또한 지옥으로 보낸다."

"엄마, 아빠의 교육도 받지 못했고,

살아오는 동안 반성도 없었으니

지옥으로 가는 게 당연하구나."

또 며칠이 지나고,

중년의 남자가 하늘나라로 올라왔습니다.

술을 마시고, 도박을 하다가

가정이 파탄 나서 자살한 사람이었습니다.

옥황상제는 말했습니다.

"저 사람 또한 지옥으로 보낸다."

"몇 십 년을 살면서

주변 사람들과 어울리지 못하고

자살하는 행위는

스스로 지옥으로 가겠다고 판단한 것으로

그 행위는 용서할 수 없구나."

그 후에도

제 명에 살지 못하고 오는 사람들이 많았습니다.

옥황상제는 이런 사람 모두를 지옥으로 보냈습니다.

"도둑질하다가 죽은 사람,

마약을 먹고 죽은 사람, 화병으로 죽은 사람,

이들은 모두 전생에 악한 행동을 한 사람으로

다시 태어난 사람들이다.

엄마 배 속으로 들어가서 다시 태어나게 한 것은

반성의 기회를 준 것인데 참으로 안타깝구나."

사람으로 태어나서

한평생을 살아가는 것은

누구에게나 힘들기 마련입니다.

즐거운 일도 많고, 웃을 일도 많지만,

가난에 굶주렸던 세월,

각종 시험에 낙방해 본 시련,

남녀 관계에서 불화를 겪었던 아픔,

사업에 실패하여 가산을 탕진했던 쓰라림,

몸이 아파서 병원에서 수술을 받아 본 고통.

사람들은 한평생을 살면서

수많은 역경을 이겨 내야만 합니다.

옥황상제는 이야기했습니다.

"온갖 역경을 겪어야 하고, 남들과 어울려

한평생을 산다는 게 쉬운 일이 아니다."

"사람이 늙어서 자기 주어진 삶을

다한다는 것만이라도 칭찬을 받는 게 당연하다."

"편하게 살건, 어렵게 살건, 주어진 삶을

모두 살았다면 천국으로 보낼 것이다."

그 후, 옥황상제는 몸과 마음이 늙어

돌아가신 노인 모두에게는 천국으로 가게 하였습니다.

지금 우리처럼 살아가는 것만이라도

위대하고 칭찬받는 일입니다.

우리는 모두

나중에 천국에서 다시 만날 것입니다.

먼저 가건, 나중에 가건

우리가 갈 곳은 천국입니다.

편한 마음으로, 즐겁게 살아가시길 바랍니다.

멍청한 다람쥐

원두막

강원도 산마루 너머에

윤씨 성을 가진 노인이 살고 있었습니다.

윤씨 영감은 농사를 지을 땅이 부족하여

앞산과 뒷산에

감나무, 대추나무, 도토리 참나무를 심었고,

집 울타리 옆에는

소와 돼지를 키우며 그럭저럭 살았습니다.

어느 가을철,

다람쥐 한 마리가 돼지 울타리로 놀러 와서

울타리 안에 있는 돼지를 놀려댔습니다.

"돼지야, 너는 매일 밥만 먹고 잠만 자니까

살만 뒤룩뒤룩 찌지."

"그리고, 울타리 안에서만 있으니

점점 머리도 나빠지고 미련해지지."

돼지는 씩씩거리면서

다람쥐에게 말대꾸를 했습니다.

"이 세상에서 가장 미련하다는 곰보다도

더 미련한 게 다람쥐라는 소문이 있던데?"

미련하다는 말에 화가 난 다람쥐가

언성을 높였습니다.

"난, 너처럼 주인이 주는 밥만 먹지 않아."

"나는 내가 먹을 도토리를 한 알 한 알 주워서

잘 보관해 놓고 추운 겨울철에도

내가 모아 놓은 도토리로 스스로 해결하지."

돼지는 다람쥐 말을 들은 척 못 들은 척

만사태평하게 돼지 여물만 먹고 있었습니다.

다람쥐는 돼지 울타리 안이 더러워

코를 막고 돼지를 조롱하였습니다.

"미련한 돼지놈, 주인이 밥 줄 때만 기다리는

네가 제일 멍청이다."

"나는 내 밥인 도토리를 아무도 모르게

땅속에 잘 묻어 둔단다."

"내 손이 두 개뿐이라서 도토리를 나를 때는

입에다 열 개 정도는 물고

이곳저곳 땅을 파서 남몰래 묻어 두거든."

돼지는 눈을 껌벅거리며 대꾸했습니다.

"누가 뭐라 해도 난 행복해. 아무 걱정거리 없어."

"네가 입에 도토리를 열 개 물고 다닐 때,

볼이 뿔룩해서 화가 난 놈 같아 보였어."

"그리고, 네놈이 도토리 열 개를 남몰래

땅속에 묻어 두면 뭐 하니?"

"내가 보니까 열 개 도토리 중에서

네 놈이 찾아 먹는 건 하나밖에 없던데."

"차라리 나처럼 주인이 주는 것만이라도

깨끗이 다 먹는 게 현명하지."

다람쥐는 돼지의 말을 듣고 뒤돌아서서

곰곰이 생각해 보았습니다.

"내가 어제 도토리 열 개를 땅을 깊이 파서

묻었는데 어디였더라?"

아무리 생각해도 기억이 나지 않았습니다.

옆에 사는 이웃 다람쥐가 도토리를 숨기는 것도

보았는데 그것마저도 기억나지 않았습니다.

"내가 돼지보다 미련한 건가?"

다람쥐는 고개를 설레설레 흔들면서

참나무 밑으로 가서

도토리를 다시 줍기 시작했습니다.

그리고는 열 개를 입에 물고

또다시 이곳저곳에 돌아다니며 묻었습니다.

차가운 바람이 불고,

눈이 내리는 겨울철이 왔습니다.

다람쥐는 땅속에서 잠을 자다가

잠시 깨어나서 도토리를 먹고

돼지가 한 말을 생각해 보았습니다.

그러다가 문득

다람쥐는

지난여름에 윤씨 아들에게 잡혀간

이웃 다람쥐를 멀리서 보았습니다.

이웃 다람쥐는 윤 씨네 집 마루에서 동그란 쳇바퀴를 돌리며

재롱을 피우고 있었습니다.

"돼지는 그래도 자기 울타리 안에서

왔다 갔다 하기도 하는데

이웃집 살던 다람쥐는

저렇게 좁은 쳇바퀴만 돌리는구나."

"나 같은 다람쥐가 미련한 건가?

아니면, 돼지가 더 미련한 건가?"

따뜻한 봄날이 오자,

다람쥐는 새끼를 다섯 마리 낳았습니다.

다람쥐는 걱정이 되었습니다.

"우리 새끼들이 자라나면

먹을 게 많아야 하는데 고민이구나."

"돼지들은 윤씨 주인이 계속 밥을 주니

걱정이 없을 텐데."

"돼지들이 우리보다 더 행복하고 더 영리하네.

내가 돼지보다 더 멍청한가 봐."

다람쥐는 참나무 가지에 올라앉아서

고개를 숙이고 땅을 바라보았습니다.

그런데, 다람쥐는 눈이 동그래지며
얼굴에 환한 미소를 지었습니다.
자기가 땅속에 숨겨 놓고 찾지 못했던 도토리가
새싹으로 돋아난 것이었습니다.
"저 참나무의 새싹이 자라나면
우리 다람쥐 새끼들도 먹을 게 풍부해질 거야."

다람쥐는 어깨를 활짝 피면서 으시댔습니다.

"내가 도토리를 못 찾아 먹은 게 아니야.

나는 도토리를 일부러 안 찾아 먹은 거야."

다람쥐는 돼지에게 창피함을 감추고

허세를 부렸습니다.

그 후, 다람쥐가 못 찾은 도토리는

새싹을 피우고 점차 무성해지더니

자식들이 먹을 도토리나무로 쑥쑥 자랐습니다.

"나는 바보 멍충이가 아니야.

돼지보다는 내가 머리가 좋은 게 확실해."

다람쥐는 혼잣말로 중얼거렸습니다.

여름이 되자, 다람쥐는 들에 나가 보았습니다.

올해는 유난히 비가 오지 않고

가뭄이 들어 곡식들이 흉년이 될 게 뻔합니다.

다람쥐는 가을철 도토리 식량이 걱정되었습니다.

새로 태어난 다람쥐 새끼들의

먹을거리가 부족하고,

윤씨네 아이들도 굶을 게 뻔한 상황이었습니다.

다람쥐는 재빨리
참나무를 찾아가 이야기했습니다.
"참나무야, 올해는 흉년이란다.
사람들도 먹을 게 없을 거란다."
"우리 다람쥐도 식량이 걱정되니
올해는 도토리 너만이라도 풍성하게 열렸으면 좋겠다."

참나무는 대답했습니다.

"걱정 마라. 이럴 때라도 내가 너희들에게

도움을 줄 수 있어 다행이다."

그 후로는,

흉년이 들 때면 풍년 들 때보다도

참나무는 거꾸로 열매를 풍성하게 맺어서

사람에게는 도토리묵을 제공하고,

다람쥐에게는 식량 걱정을 덜게 해 주었답니다.

참나무가 세상에서 다른 나무들보다도

많이 퍼져 있는 것은 다람쥐의 역할이 컸습니다.

찾아 먹지 못한 땅속의 도토리가 새싹을 트고,

쌀과 보리가 흉년이 들 때면

오히려 도토리를 많이 열게 하는 참나무.

다람쥐는 결코 미련한 멍청이가 아니었습니다.

어르신들도 온갖 역경 속에서

자식을 위해 희생하며 열심히 살아온 것 그 자체만으로

현명하시고, 우리 모두 존경하고 있습니다.

💗 마치는 글 💗

우리 모두는

하늘나라에서 내려와

이 세상에서 한 백 년을 살다가

다시 하늘나라로 올라갑니다.

우리 모두는

어릴 적, 동화책을 통해 꿈과 희망을 키웠고,

그 뜻을 펼치고 도전하다가

어느덧 지나간 추억을 그리며 마무리합니다.

동화 속, 왕자가 나타나서 악당을 물리치고,

동화 속, 공주가 아름다운 사랑을 나누면서

우리 모두는 동화 같은 세상에서 살기를 원했고,

한 백 년 소풍 왔다가 긴 여운을 남기고 떠나갑니다.

이렇게 동화(童話)는 우리의 삶을 풍족하게 만들어 주고

어린이에게 꿈과 희망을 심어 주며,

상상력을 발휘하여 창의성을 높여 줍니다.

어르신에게 들려드린 몇 편의 동화(憧話)가

어르신들이 지나온 과거를 회상하고

아름다운 추억을 떠올리게 함으로써

어르신들의 남은 삶이 조금이나마 아름답게 꾸며지셨기를 바랍니다.

저자도 후손들이 들려주는 어르신 동화(憧話)의 독자가 되어

저의 삶에 따스한 감성이 스며들기를 기대해 봅니다.

- 원두막/오두막 -

공동저자 원종성 · 오형숙

성균관대학원 경제학 석사

前 대한노인회 정보위원

노인용 특수키보드 특허 등록

치매어르신 위치추적 양방향 관리시스템 특허 등록

어르신구연동화프로그램 저작권 등록

인공지능(AI) 기반 치매관리시스템 특허 출원

노인장기요양보험제도 10주년 보건복지부장관 표창

건강보험공단 우수아이디어공모 [대상] 수상

건강보험공단 최우수기관 선정

現 고양화정요양원장

現 한국시니어프로그램협회장

저서 : 『요양원의 365일』, 『요양원 일기』 등

어르신을 위한
동화 세상 하

ⓒ 원종성 · 오형숙, 2024

초판 1쇄 발행 2024년 3월 3일

지은이	원종성 · 오형숙
펴낸이	이기봉
편집	좋은땅 편집팀
펴낸곳	도서출판 좋은땅
주소	서울특별시 마포구 양화로12길 26 지월드빌딩 (서교동 395-7)
전화	02)374-8616~7
팩스	02)374-8614
이메일	gworldbook@naver.com
홈페이지	www.g-world.co.kr

ISBN 979-11-388-2819-2 (04810)
　　　 979-11-388-2808-6 (세트)